Y Wisg Enfys

stori gan Catherine Fisher

lluniau gan Maggie Davies

Gomer

I Marjorie Coopey

Er cof am Pete Bailey

Argraffiad cyntaf - 2006

ISBN 1 84323 654 0
ISBN-13 9781843236542

(h) y testun: Catherine Fisher, 2006
(h) y lluniau: Maggie Davies, 2006

Mae Catherine Fisher a Maggie Davies wedi datgan eu hawl dan Ddeddf
Hawlfraint, Dyluniadau a Phatentau 1988 i gael eu cydnabod fel awdur
ac arlunydd y llyfr hwn.

Dymuna'r cyhoeddwyr gydnabod cymorth Adrannau Cyngor Llyfrau Cymru.

Argraffwyd a rhwymwyd yng Nghymru gan Wasg Gomer,
Llandysul, Ceredigion SA44 4JL
www.gomer.co.uk

Roedd Mari'n mwynhau crwydro drwy'r farchnad. Yn sydyn, gwelodd stondin ddiddorol. Arni roedd pentwr o hen ddillad a theganau hynod.

Gollyngodd ei bag. 'Helô!' meddai wrth y dyn main oedd yn gofalu am y stondin.

'Helô,' atebodd yntau. 'Heulyn yw'r enw.' Eisteddai ar stôl uchel ymysg ambell haul crog, hen dedis, rhaffau sgipio a gemau disglair.

Roedd llygaid Heulyn yn llym ac yn las fel yr awyr, ac ymestynnai ei fysedd hir wrth siarad. 'Fe gei di ddymuniad,' meddai. 'Beth fyddet ti'n ei hoffi fwyaf yn y byd?'

Meddyliodd Mari. 'Hoffwn i fynd i lan y môr. Ond mae hi'n bwrw glaw bob dydd.'

Gwenodd Heulyn. 'Faint o arian sydd gyda ti?'

Closiodd Mari at y stondin. Roedd yno flychau pren, a dol â llygaid o wahanol liwiau. Gafaelodd mewn mwnci tun, a throdd hwnnw a wincio arni.

'Dim ond punt.'

'Efallai y bydd hynny'n ddigon. Edrych fan yna,' meddai Heulyn gan bwyntio at bentwr o hen ddillad.

Dechreuodd Mari dwrio; yn y dryswch gallai deimlo rhywbeth cyfoethog a meddal fel melfed, felly cydiodd ynddo a'i dynnu allan.

Gwisg oedd hi.

Roedd y wisg yn hen ac wedi rhwygo. Roedd yn amryliw, fel enfys ddyfrllyd.

'Gwisg Enfys yw honna,' meddai Heulyn. 'Gwisg chwe niwrnod yw hi, ond gofala paid â'i gwisgo hi am ddiwrnod yn fwy. Fe fyddai gwneud hynny'n beryglus.'

'Mari!'

Ei mam oedd yno'n galw arni. Felly, dyma hi'n gollwng y bunt i law hir y dyn.

Gwasgodd hwnnw'r bunt yn dynn yn ei law gan wenu. 'Cofia,' meddai wrthi, 'paid â'i gwisgo hi am fwy na chwe niwrnod! A chadw hi'n ddiogel! Mae gyda fi elyn fyddai'n cael pleser mawr o'i chipio hi!'

Gartref, dyma mam Mari'n trwsio ac yn smwddio'r wisg. 'Rwy'n synnu i ti ddewis hon. Mae hi braidd yn hen-ffasiwn. Pryd wnei di ei gwisgo hi?'

Cydiodd Mari yn y wisg a'i dal o'i blaen. 'Gaf i ei gwisgo hi i fynd i lan y môr fory?'

'Dim ond os yw hi'n braf,' meddai ei mam.

Y bore wedyn roedd yr awyr yn llwm a thawel, fel petai heb benderfynu sut dywydd oedd hi i fod.

'Gobeithio y bydd hi'n braf!' sibrydodd Mari. Aeth draw at ei chwpwrdd dillad a'i agor. O am syndod!

Roedd y wisg wedi troi'n felyn.

Mor felyn â chae o ŷd neu draeth. Wrth iddi ei gwisgo'n araf, gallai Mari deimlo fod y defnydd wedi newid; teimlai'n drwm bellach a llithrai i lawr dros ei breichiau ac yn erbyn ei choesau fel petai'n wisg o dywod.

Roedd Mam yn y gegin. 'Hyfryd,' meddai wrth weld ei merch.
'Beth am y lliw?' holodd Mari'n betrus.

Ysgydwodd ei mam ei phen. 'Anodd dweud. Mae'n gymysgedd o liwiau, fel enfys.'

Edrychodd Mari i lawr ar y wisg. 'Ond melyn yw hi!' sibrydodd.

Roedd Dafydd, ei brawd bach, yn dal i swnian yn ei gadair uchel. Yn sydyn, dyma Mrs Davies yn codi ar ei thraed. 'Mae'n ddiwrnod braf,' meddai. 'Beth am fynd i lan y môr?'

I ffwrdd â nhw yn y car. Pan gyrhaeddon nhw, roedd y traeth yn llydan ac yn llaith gan y llanw. Roedd y pyllau dŵr yn llawn cogyrnod a chocos llwydlas. Roedd Mari wrth ei bodd yn rhedeg yn ôl ac ymlaen i ganol y tonnau, a hanner-claddu Dafydd yn y tywod a'i goroni â stribedi gwymon a chregyn fel petai'n faban môr.

Y noson honno, yn y cwpwrdd dillad, roedd gronynnau tywod yn disgyn o odre'r wisg.

Yr ail ddiwrnod, dyma Mari'n dweud, 'Hoffwn iddi fod yn ddiwnod poeth heddiw.'

Agorodd ddrws y cwpwrdd dillad.

Roedd y wisg yn goch. Cydiodd ynddi'n ofalus, gan fod ei defnydd bellach yn sidan ysgafn, mor fregus â phetalau pabi.

Drwy'r dydd, disgleiriai'r haul yn danbaid yn yr awyr. Clymodd Mrs Davies ddarn o gysgodlen wrth goeden cyn gorwedd arno i wnïo.

Roedd yr ardd yn sïo gan ieir bach yr haf, a fedrai Mari ddim symud heb iddyn nhw hofran i'w chyfeiriad, fel petai ei gwisg yn gwasgaru paill neu fêl.

Gorweddodd yng nghysgod llwyn a syllu i fyny drwy'r dail. 'Rhyfedd na sylwodd neb fod y wisg yn newid ei lliw,' meddyliodd. Tybed a fedrai hi felly gael unrhyw dywydd y dymunai?

Y bore canlynol, wrth orwedd yn ei
gwely, dyma Mari'n dymuno cael gwynt i
chwythu'r dail o'r coed.   13

Llithrodd y wisg o'r cwpwrdd. Y tro hwn, roedd hi'n frown, yn frown fel castanwydd a'i godre'n rhidyllog ac yn we corryn i gyd.

Rhuthrodd allan gan ddawnsio ei ffordd i lawr y stryd. Chwythai'r dail fel mewn storom Awst a chwipiwyd ei gwallt yn y gwynt. Bu bron iddi gael ei chodi i fyny fel petai hithau'n ysgafn fel deilen.

Dawnsiodd o gylch y blwch postio.

Yr ochr arall i'r stryd, roedd gwraig yn syllu drwy ffenest siop y pobydd.

Ond nid edrych ar y bara na'r cacennau yr oedd hi; roedd hi'n edrych ar adlewyrchiad Mari yn y gwydr. Pan drodd y wraig i'w wynebu, gallai Mari weld fod ei llygaid mor dywyll â'r nos.

Roedd y wraig yno'r noson honno hefyd, yn sefyll dan olau lamp y stryd. Gollyngodd

Mari odre'r llenni a neidio i mewn i'w gwely gan dynnu'r dillad dros ei phen yn gynnes braf.

Roedd hi'n gwybod fod y wraig eisiau'r wisg.

Dechreuodd Mari feddwl beth fyddai'n digwydd petai hi'n ei gwisgo'r seithfed tro?

Y bore canlynol roedd yn rhaid i Mari fynd i siopa.
'Hoffwn iddi fod yn niwlog, rhag i neb fy ngweld.'

Rhoddodd ei mam arian iddi yn ei llaw. 'Paid â
bod yn hir, a chymer ofal wrth groesi'r ffordd.'

Wedi mynd allan, edrychodd Mari o'i chwmpas.
Doedd neb yno. Roedd yr awyr uwchben yn dal
yn niwlog a llaith wrth iddi redeg yr holl ffordd
i'r siop.

Pan ddaeth allan, safodd yn stond.

Roedd y wraig a welodd y diwrnod
cynt yn disgwyl amdani ar y palmant.
'Helô, Mari,' meddai.

Cerddodd Mari ychydig yn gyflymach.

'Lloerig yw fy enw i,' sibrydodd y wraig.
'Buaswn i wrth fy modd yn cael dy wisg di.
Edrych, beth am gymryd y wisg hon yn ei lle hi?'

Dangosodd iddi bentwr o sidan gwyn,
cyfoethog yn rhubanau a pherlau i gyd.
'Gwisg tywysoges yw hon,' meddai'r wraig.

'Mae'n well gen i hon,' mynnodd Mari.

Gafaelodd y wraig ynddi; roedd ei
hewinedd yn hir ac yn finiog. 'Ond fedri
di ddim dianc nawr,' poerodd.

Ar unwaith, dyma'r niwl yn disgyn.

Llifodd dros y tai a'r ceir a thros y llwyni. Llwyddodd Mari i dynnu ei hun yn rhydd o afael y wraig a dianc i ganol y niwl oer.

Rhedodd drwy grisialau mân a chymylau. Roedd pob sŵn wedi distewi a phopeth yn ymddangos yn rhyfedd. Tarodd yn erbyn wal, a bu raid iddi deimlo ei ffordd ar hyd y llwyni.

Drwy'r amser, roedd Lloerig yn dynn wrth ei sodlau, yn gweiddi, 'Mari! Dere 'nôl!'

O'r diwedd, gallai Mari deimlo clwyd haearn oer gyfarwydd o'i blaen. Roedd hi wedi cyrraedd gartref! Rhedodd i fyny'r llwybr gan gau'r drws yn dynn ar ei hôl.

Daeth ei mam allan o'r gegin. 'Am niwl! Ro'n i'n dechrau meddwl dy fod ti ar goll!'

Y diwrnod canlynol, roedd Mari'n dymuno cael glaw. Arhosodd yn y tŷ a phenderfynodd wisgo pâr o jîns. Ond wrth i'r cloc daro saith o'r gloch, dyma'r wisg yn troi'n las.

Dechreuodd ddisgleirio, yn ddiferion arian mân drosti i gyd. Roedd hi mor hardd fel na allai Mari beidio â'i gwisgo.

Roedd hi'n pigo bwrw yn yr ardd. Ond agorodd Mari'r drws yn ofalus gan fentro allan, heibio i'r gath oedd yn cysgu'n braf.

Yno, o'i blaen, roedd Lloerig. Edrychai'n dal, a'i llygaid yn danllyd ac awchus. O'i chwmpas, roedd anifeiliaid, yn nadroedd a chathod a bleiddiaid tywyll, ffiaidd.

'Fy ngwisg i yw hon,' meddai Mari'n chwyrn.

'Rhaid i ti wrando arna i,' gwenodd Lloerig. 'Mae'r wisg yna wedi ei gwneud o amser ac awyr. Fedri di ond ei gwisgo hi unwaith eto. Pam na wnei di ei gwerthu hi i mi? Rwy'n fodlon rhoi unrhyw beth rwyt ti'n ei ddymuno i ti.'

Meddyliodd Mari am ychydig.

Meddyliodd am deganau a gwyliau, am gŵn bach ac am dŷ mawr.

Meddyliodd am fod yn alluog, ac am gael pawb yn yr ysgol i'w hoffi.

Wedyn dyma hi'n ysgwyd ei phen.

'Wyt ti'n siŵr?' sibrydodd Lloerig.

Camodd Mari nôl. 'Fory, fe fyddaf i'n ei gwisgo hi am y tro olaf.

Wedyn fe wna i benderfynu.'

Fore trannoeth, fe wnaeth Mari ei dymuniad.
Daeth rhyw oleuni rhyfedd i'w hystafell.
Dechreuodd rwbio'r rhew oddi ar y ffenest a
syllu allan yn llawn cyffro.

Roedd yr ardd yn wyn gan eira.
Roedd y wisg, oedd yn ei phlyg ar y gadair, yn
wyn hefyd, gyda ffwr hyfryd o gwmpas y gwddf a'r
arddyrnau.

24

Ond drwy'r dydd, wrth iddi adeiladu dyn eira i Dafydd, teimlai'n rhynllyd ac oer. Tybed a oedd y wisg yn flin gyda hi?

'Mae'r hen beth 'na'n hollol ddiwerth,' meddai ei mam o'r diwedd. 'Rwy'n mynd i'w rhoi hi at achos da. Tynna hi, wir, a gwisga rywbeth arall.'

A dyna beth wnaeth Mari. Ar unwaith dyma'r eira'n dechrau diflannu. Erbyn amser swper, doedd dim ond ychydig ar ôl.

Dechreuodd Dafydd grio, ac aeth Mam ag ef i'r gwely.

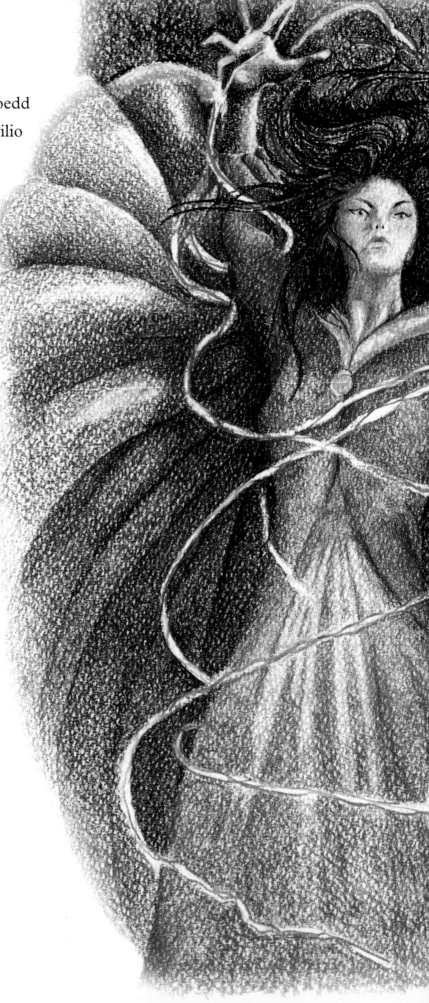

Wedi swper, roedd Mari'n teimlo'n bryderus. Daeth y nos yn gynnar ac roedd y stryd y tu allan yn ddistaw iawn. Aeth i chwilio am y wisg, cydio ynddi a rhedeg i ben draw'r ardd.

'Ble rwyt ti?' sibrydodd.

'Dyma fi. Lawr fan yma.'

Ym mhen draw'r ardd roedd cysgod o goed. Yno roedd Lloerig yn aros amdani. Ymestynnodd ei dwylo'n frwd.

'Na!' Gwasgodd Mari'r wisg yn dynn. 'Rwy wedi penderfynu ei chadw.'

'Ond fedri di ddim ei gwisgo eto . . .'

'Medraf.'

'Fyddet ti ddim yn mentro,' meddai Lloerig.

Roedd Mari wedi ei chynhyrfu. 'Gwylia fi 'te.' Camodd i mewn i'r wisg a'i thynnu dros ei dillad a'i chau.

'Dyna ti,' meddai.

Chwarddodd Lloerig. Ymestynnodd ei breichiau allan wrth i'w gwallt chwythu'n sydyn yn yr awel.

'O'r diwedd!' llefodd. 'Mae dy bŵer di ar ben! Nawr fe fydd y tywydd yn ufuddhau i'm gorchmynion i!'

Edrychodd Mari i lawr.

Roedd y ffrog wedi troi'n

ddu.

Trodd yr awyr yn ddu hefyd.

Rhuodd taran enfawr a fflachiodd mellten uwch eu pennau.

Taflwyd brigau heibio wyneb Mari a golchwyd y dail olaf oddi ar y coed gan law trwm.

'Rho hi i mi!' sgrechiodd Lloerig, 'ac fe wna i atal y storm!'

Roedd gwallt Mari'n hongian yn gudynnau dros ei hwyneb i gyd. Ceisiodd afael ym motymau'r wisg, ond roedden nhw mor llithrig ac mor wlyb.

'Brysia!' llefodd Lloerig.

Tynnodd Mari'r wisg.

Ar unwaith, gafaelodd Lloerig ynddi. 'Fi piau hi nawr!'

'Na!' protestiodd Mari. Roedd y storm yn ffyrnig a'r glaw'n pistyllio i lawr wrth i'r ddwy ymaflyd am y wisg.

Ond rhwygodd y wisg yn union fel petai wedi ei tharo gan fellten.

'Fi piau hi!' llefodd Lloerig.

Ond daeth llaw arall a chipio'r wisg i ffwrdd.

'Nage wir!' meddai Heulyn, oedd yn cysgodi dan goeden fawr.

Cyn gynted ag y gwelodd y wraig Heulyn, dyma hi'n hisian ac yn cilio i'r tywyllwch.

'Un diwrnod,' sibrydodd, 'fi fydd piau'r wisg yna!'

A dyma hi'n diflannu fel mewn pwff o fwg.

Cydiodd Heulyn yn y wisg a'i phlygu gan ei hanwesu a'i thawelu. Sylweddolodd Mari fod y glaw wedi peidio, er bod dafnau'n dal i ddiferu o ganghennau'r coed.

'Mae'n ddrwg gyda fi,' sibrydodd.

Gwenodd Heulyn a throi am y tŷ. 'Felly'n wir. Ddylet ti fyth fod wedi rhoi'r wisg amdanat unwaith eto. Dyna lwc i mi gyrraedd mewn pryd.'

'Pwy yw Lloerig?'

Trodd Heulyn a syllu'n ôl i gyfeiriad y coed. 'Fy nghysgod i. Y nos a'r tywyllwch. Ond does dim angen poeni amdani eto.'

Yn raddol, dechreuodd y sêr ymddangos yn yr awyr uwch eu pennau.

Cyffyrddodd Mari yn y wisg. 'Ai'r wisg oedd yn newid y tywydd neu'r tywydd oedd yn newid y wisg?'

Gwenodd y gŵr main arni. 'Pwy a ŵyr? Hwyrach mai ti oedd yn newid popeth. Hwyl fawr, Mari,' meddai. 'Rhaid i'r wisg ddod o hyd i berchennog newydd nawr. Ond rwy'n siŵr y cawn ni gwrdd eto rhyw ddydd.'

Pwysodd Mari ar glwyd yr ardd a chodi ei llaw.

'Gobeithio,' meddai'n dawel.